AF341038

REVUE

DU

SIXIÈME SECTEUR

SOUVENIR DE LA MUETTE

E. P. ET R. R. *en* Cie

PARIS

IMPRIMERIE JOUAUST

RUE SAINT-HONORÉ, 338

—

Décembre 1870

SOUVENIR DE LA MUETTE

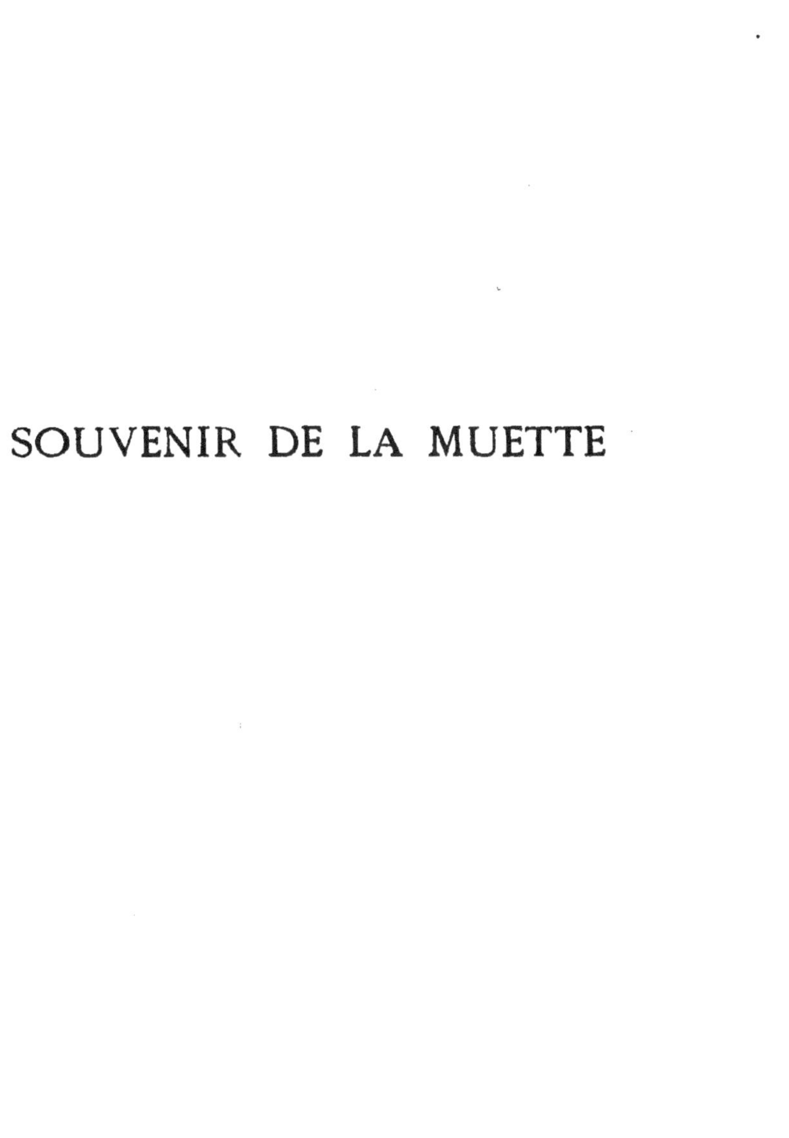

Ces couplets ont été chantés par les capitaines DE ROYS et ESNAULT-PELTERIE, à l'occasion des épaulettes offertes au colonel BRÉMARD.

REVUE

DU

SIXIÈME SECTEUR

SOUVENIR DE LA MUETTE

E. P. et R. R. *en* Cie

PARIS

IMPRIMERIE JOUAUST

RUE SAINT-HONORÉ, 338

—

Décembre 1870

A M. L'AMIRAL FEURIOT DE LANGLE

COMMANDANT LE 6ᵉ SECTEUR

DÉDICACE

Nous avons chanté tour à tour
Et nos chefs et nos camarades ;
   Nos couplets sont un peu fades,
Nos vers ne sont pas faits au tour.
    Mais nous avons voulu dire
    Que l'on peut s'aimer, et rire
Parfois à ses propres dépens.
Nous avons voulu faire preuve
    D'une concorde à l'épreuve
De quelques petits mots piquants.

Quoique notre œuvre en soit indigne,
Ce serait un honneur insigne
    Pour mon collaborateur
    S'il pouvait en faire hommage
    A l'homme bon, noble et sage,
    Au marin plein de courage
    Qui commande le secteur.

Il s'en vint, oubliant la rancune historique
Du vieux pays breton contre la république,
Et, sentant dans son cœur, ce valeureux soldat,
Qu'on n'est plus que Français à l'heure du combat,
Il voulut, jusqu'au jour de notre délivrance,
Tenir fier et vaillant le pavillon de France,
Et dans Paris bloqué, à l'heure du danger,
Le planter sur nos murs, qu'assiége l'étranger.
Puis, quand le Prussien lui dit : « Veux-tu le rendre ? »
L'amiral lui répond : « Allons ! viens donc le prendre ! »

R. DE ROYS.

Décembre 1870.

REVUE

DU SIXIÈME SECTEUR

I

Entre tous les secteurs,
Le plus pur, messeigneurs,
Est celui qu' est assis
Dans la vill' de Passy.
Voulez-vous m' faire l'honneur
D'écouter une scie
Qu'à ceux qui sont ici
Je vais monter sur l'heure?
Battez, tambours; sonnez, clairons;
Sonnez pour le sixième secteur.

II

Viv' l' commandant Denuc !
Car c'est un chef qu'a l' truc
Pour conduire la boutique
D'une façon crânement chique.
Dans tout l' secteur il r'luque,
Même sous le viaduc,
Et, pour lui faire la nique,
Faudrait une rude pratique.
Battez, tambours, etc., etc.

III

L'homme n'est pas parfait ;
Il peut être malade.
On n' s'rait pas peu refait
Sans certain camarade,
Qui bien souvent s'efface,
Mais sait tenir la place
Pour quoi on l'adjoignit :
C'est Brossard d' Corbigny.
Battez, tambours, etc., etc.

IV

Celui pour qui je trime,
Et qui toujours nous brime,
Moi, de Roys et Deschars,
Grâce à ses épinards,
Est bien dur pour la frime ;
Mais, j' le d'mande, est-ce sans rime
Ni raison qu' tôt ou tard
On aime ce Brémard ?
Battez, tambours, etc., etc.

V

Fidèle compagnon
De notre chef à tous,
Il n'est jamais grognon ;
Mais, prenez garde à vous,
Si dans quelqu' occurence
On met les pieds dans l' plat :
Dans cette circonstance,
Méfiez-vous de SAPIEHA.
Battez, tambours, etc., etc.

VI

Donnons un coup de gaffe
Au coq des canotiers :
Orateur, photographe,
Il fait tous les métiers ;
Mais quand, sur sa girafe,
A la selle il s'agrafe,
Il nous domine tous,
Le capitaine LABROUSSE.
Battez, tambours, etc., etc.

VII

Saluez c't ancien hussard
Que l'aimable hazard
Amena dans nos bras.
Il était déjà gras ;
Mais, depuis qu' l'intendance
S' charge d'arrondir sa panse,
DAUBRÉE n' peut plus vraiment
Remettre son dolman.
Battez, tambours, etc., etc.

VIII

Puis vient l'ami Cléret,
Né natif du Loiret,
Officier d'avenir ;
Rien qu'à le voir venir,
On s' dit : Sacré vingt dieux !
I' n'a pas froid aux yeux ;
Et l' Prussien qui l' verrait
Dans sa culotte ....irait.
Battez, tambours, etc., etc.

IX

Ce galant artilleur,
L' plus flambart du secteur,
N'a certes pas trop l'air
De r'venir de Frœschwiller :
Car dans cette bataille,
Où pleuvait la mitraille,
I' n' eut pas beaucoup d' gens
Qu'eurent la chance de Grandjean.
Battez, tambours, etc , etc.

X

Du bureau j' vois descendre
Le brillant Alexandre ;
Son éperon d'acier
Sonne sur l'escalier.
Il entre à l'écurie,
Il gronde, il jure, il crie.
Craignez qu'il ne sévisse :
C'est l'officier d' service
Battez, tambours, etc., etc.

XI

Au tour du janissaire !
Cet ancien militaire
Traitreusement se cache
Derrière sa moustache.
Il parle, il lampe, il broie !
Quelle platine ! Quel coffre
A nos regards il offre,
Le capitaine DE ROYS !
Battez, tambours, etc... etc.

XII

Avocat très-chicard.
Semant des *mais*, des *car*,
Ergotant sur les mots,
Pour l'honneur du barreau.
Il abuse d son physique
Comme de sa rhétorique :
Attaché à not' char
Est l' capitaine DESCHARS.
Battez, tambours, etc.. etc.

XIII

Un viveur retraité,
Auvergnat fort sensible,
Ex-séducteur terrible,
Pas par trop maltraité,
Excellent à la trouille,
Même s'il faut qu'il se mouille ;
Et l' caporal a l' trac
Quand arrive TORCIAC.
Battez, tambours, etc., etc.

XIV

Trônant avec orgueil,
Son pince-nez sur l'œil,
Voyez celui qui s' mêle
De conduire la gamelle.
I' d'mand' sans cess' d' la douille.
Sûr! qu'il mange la grenouille.
N'empêch' qu'à table on crie :
Vive not' Esnault-Pelterie.
Battez, tambours, etc., etc.

XV

Un Breton d'entre nous,
Destiné, croyons-nous,
A s' battre avec l'Allemand,
Avec acharnement ;
Quand dans un' brasserie,
Que l'on chante ou l'on rie,
Ou que le verr' se choque,
Si c'est lui qui Wolbock.
Battez, tambours, etc., etc.

XVI

Quoiqu'à la fleur de l'âge,
Notre plus jeune guerrier
Emprunte le langage
D'un vétéran troupier ;
N'était son rhumatisse,
Qui d'puis quelqu' jours l'attrisse,
Nous aurions en Larrieu
Un camarad' joyeux.
Battez, tambours, etc., etc.

XVII

Un homme indispensable
Et, ma foi, fort aimable,
C'est le représentant
De monsieur l'intendant ;
Il n' fait pas d' bénéfice,
DELARUE, y a pas d' danger,
Car c'est pour obliger
Qu'il fait tout son service.
Battez, tambours, etc., etc.

XVIII

D'une villa passons l' seuil,
Qu'un monsieur fou à lier,
A Bonaparte allié,
Habitait dans Auteuil ;
Elle est de triste mine,
Et c'est, je l'imagine,
La premier' fois qu' ça plaît
D'y r'cevoir un PROTET.
Battez, tambours, etc., etc.

XIX

Tour à tour commandant,
Puis major de rempart,
Ou, s'il croit que l'on part,
Redevenu lieut'nant,
Cuirassier très-mobile,
Industriel habile ,
N'y a qu' dans la peau d'un moine
Qu'on a pas vu DE LOYNES.
Battez, tambours, etc., etc.

XX

Le d'mi-secteur de droite
Est celui qu'on exploite
Sans trève pour la chasse.
C'est là, dit-on, la place.
Mais c't endroit est fatal
Au garde national,
Car Duvigneau l'agrippe
Et l' conduit à Philippe.
Battez, tambours, etc., etc.

XXI

A droite est l' musicien
Qui lui seul licencie
Toute la caval'rie.
A gauche est le marin
Qui sait l' mieux la manière
D'ajuster la jambière.
A droite c'est Cressonnois,
A gauche de l'Aulnoy.
Battez, tambours, etc., etc.

XXII

Du haut d' l'Observatoire,
Il voit la trajectoire
Des boulets, des obus,
Dont nous faisons abus ;
Mais, quand il fait frisquet,
C'est une fichue place,
Et tant la bis' le glace
Qu'il en devient Violet.
Battez, tambours, etc., etc.

XXIII

Le petit Paul aussi
Devrait avoir sa place;
Mais en parler ici
Ce serait de l'audace.
Remplaçant de son frère,
Qui lui fait l' caractère,
On dit d'eux tant de bien
Que ce n' sert plus à rien.
Battez, tambours, etc., etc.

XXIV

Il est deux capitaines
Qu' unissent les douces chaînes
D' l'amitié la plus pure :
L'un a la poigne très-dure,
L'autr' le verbe délié.
KERMEL, sans sourciller,
Cogne quand l'autre veut,
En s' disant DIEULEVEULT.
Battez, tambours, etc, etc.

XXV

Le sourire sur la bouche.
Le patron de la cartouche
Est toujours obligeant,
Sans le reprocher aux gens.
D' la lunette, sans manières,
Il passe aux poudrières.
Y en a pas par ici
Qui valent BARUZZI !
Battez, tambours, etc., etc.

XXVI

N' craignez pas que j'oublie
Un très-grand personnage :
Il faut jusqu'à la lie
Écouter c' bavardage.
Le seul qu'on flatte ici,
Messieurs... devinez qui?
Il faudrait plus d'un tome
Pour vanter l'ami Tome.
Battez, tambours; sonnez, clairons;
Sonnez pour le sixième secteur.

RED. :

MIRE ISO N° 1
NF Z 43-007
AFNOR
Cedex 7 - 92080 PARIS-LA-DÉFENSE

379.89.70
graphicom

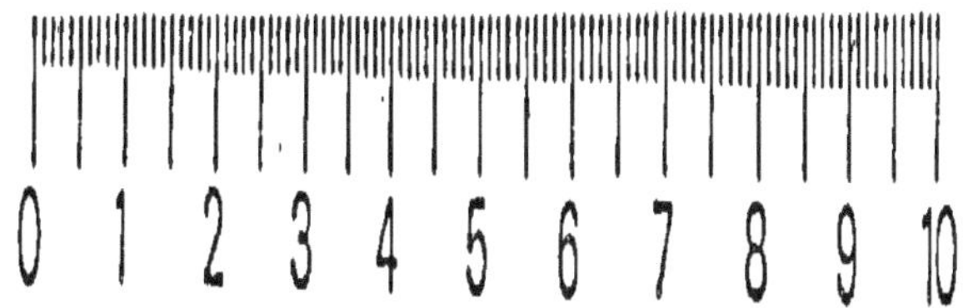